El Taller de Emociones presenta

LOS ATREVIDOS

EN BUSCA DEL TESORO

Los atrevidos en busca del tesoro

Primera edición en España: octubre de 2015
Primera edición en México: diciembre de 2015
Primera reimpresión: agosto de 2019
Segunda reimpresión: febrero de 2020

www.megustaleer.mx

ISBN: 978-607-313-917-5

Impreso en México – *Printed in Mexico*

El papel utilizado para la impresión de este libro ha sido fabricado a partir de madera procedente de bosques y plantaciones gestionadas con los más altos estándares ambientales, garantizando una explotación de los recursos sostenible con el medio ambiente y beneficiosa para las personas.

Penguin
Random House
Grupo Editorial

El Taller de Emociones presenta

LOS ATREVIDOS

EN BUSCA DEL TESORO

Elsa Punset

Ilustraciones de Rocio Bonilla

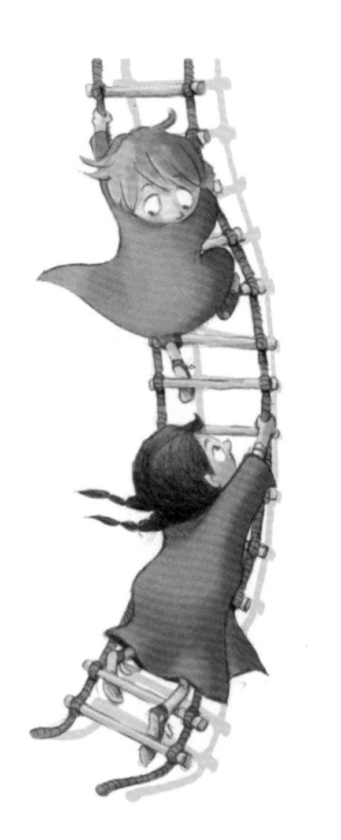

Beascoa

Hay noches cálidas en las que las estrellas brillan y dan ganas de quedarse en la calle jugando... Y noches frías en las que la luna esconde su cara y no quiere asomarse. ¿Qué noches les gustan más?

La noche que hoy nos ocupa era una noche fría, perfecta para quedarse en casa con un chocolate caliente o para acurrucarse en la cama escuchando un cuento...

–¡Ay, Tasi! –suspiró Alexia mirando el cielo desde la ventana–. ¡Qué noche tan negra!

Su hermano no contestó. Estaba concentrado abrochándose la pijama con mucho esfuerzo, como suele pasar cuando tienes cinco años...

–**Tasi, mírame, ¡te estoy hablando!** –se quejó Alexia.

–¿Por qué estás tan enojada hoy? –protestó su hermano–. Desde que regresamos de la escuela no has querido jugar conmigo, te comiste la última galleta de chocolate y encima te reíste de Rocky. Quiero que sepas que a él le dio mucha vergüenza...

A Rocky esa mañana el peluquero le cortó el pelo y, la verdad, se pasó mucho... ¡Parecía un caniche! Se sentía ridículo y estuvo la tarde entera escondido detrás del sofá, sin querer jugar. Ahora apenas asomaba el pompón de su cola debajo de la cama de Tasi.

De repente, Alexia se sentó en su cama y se echó a llorar. Tasi la miró con los ojos muy abiertos, sin saber qué hacer.

–**¡Es que todo me sale mal!** –decía Alexia mientras lloraba.

–¿Por qué dices eso? –preguntó Tasi, muy sorprendido. Y es que a él le parecía que a las niñas de ocho años casi todo les salía bien.

–¡Pues porque soy muy bajita! ¡Y en deportes los capitanes de básquet no me quieren en sus equipos! Me dejan esperando hasta el final mientras eligen a los más altos. ¡A mí me llaman «enanita»!

Tasi miró con pena a su hermana. Es terrible cuando los demás niños se burlan de ti...

–A mí tampoco me fue bien hoy... –Tasi suspiró–. Me dijeron que hablo como un bebé. Y sólo porque no me salen bien todas las palabras. No pude decir **«picsa»**.

–¿Eh? ¿Qué no pudiste decir? –preguntó Alex, con los ojos aún llenos de lágrimas.

–**¡Lo que comemos en casa cuando no hay escuela, la cosa redonda que sale del horno, con tomate y queso!** –dijo Tasi, nervioso.

–¡Ah!... Pizza. Sí, esa palabra siempre te cuesta. Pero ¿por qué hablaban de eso?

–La miss nos preguntó nuestras comidas preferidas. Y también dije **«cor... corque... corqueta»**.

Alexia sonrió.

–Croqueta, Tasi.

–Pues todos se rieron de mí –continuó Tasi sentándose en la cama de su hermana–. La miss les dijo que pararan, pero no pararon.

Luis Gafín me persiguió por el patio diciendo: «¡Bebé, bebé, hablas como un bebé!».

Tasi se puso rojo al recordarlo. Alexia se secó las lágrimas y rodeó a su hermano con el brazo.

–**Yo te ayudaré**, Tasi. Pronto hablarás bien, ya verás. Si quieres, jugamos el juego de decir palabras difíciles. Yo empiezo: **pár-pa-do... du-raz-no...**

Alexia se sabía un montón de palabras difíciles, y los hermanos jugaron un rato hasta que mamá asomó la cabeza por la puerta para recordarles que hacía ya rato que deberían estar dormidos.

–Bueno, Tasi –bostezó Alexia–, ya casi sabes decir «durazno» y «párpado». Ahora hay que dormir. Si quieres, nos metemos en una nube, cerramos los ojos y soñamos que estamos flotando en el cielo...

Y como estaban cansados, se durmieron enseguida... Pero aquí no se termina esta historia, no, sino que justamente acaba de empezar... Porque cuando la noche estaba tan silenciosa que se podía oír cualquier pequeño ruido, de repente sonaron unos picotazos muy ligeros en el cristal de la ventana... Era algo así:

Tac tac... tac tac...
tac tac... tac tac tac...

(Pueden hacerlo con la uña, suena casi igual que un picotazo.)

¿Adivinan quién era?

Alexia, Tasi y Rocky siguieron durmiendo sin enterarse de nada... Entonces, al otro lado de la ventana, se encendió una linterna que fue dibujando caminos de luz en la habitación hasta detenerse en la cara de

Alexia. Deslumbrada, ¡se despertó de repente! Corrió a la ventana y la abrió. ¡Era Florestán, la gaviota de las emociones!

–¡Buenas noches, querida niña! –saludó la gaviota con una reverencia.

–**¡Florestán!** –gritó Alexia, feliz y sorprendida–. **¡Qué alegría volver a verte!**

La gaviota sonrió encantada.

–Vengo a despertarlos porque han sido seleccionados para participar

una vez más en las famosas pruebas de la Organización Estelar de las Olimpiadas de las Emociones que, como bien sabes, llamamos cariñosamente **OéOé**... ¿O es que nos han **OéOé-vidado**? –y Florestán se rió de lo lindo porque su broma le pareció muy divertida.

–¿De verdad que esta noche vamos a estar de nuevo en las **OéOé**? ¿Y volveremos al barco y habrá paracaídas esta vez...?

La gaviota la miró con cariño y levantó el ala para interrumpirla.

–¡Espera un poco, jovencita! Despertemos primero a Tasi y a Rocky, subamos al barco y, de camino a la prueba de esta noche, se los contaré todo. ¿Comprendido? ¡Vamos, vamos! ¡A toda popa, mala tropa! –dijo aplaudiendo con las alas. ¡Y de nuevo se rió a carcajadas con su ocurrencia!

¡Dicho y hecho! En un abrir y cerrar de ojos, estaban navegando por las espesas nubes a toda velocidad. La cubierta del barco estaba llena de gaviotas ocupadísimas preparando misteriosas cajas, cuerdas y comida...

–Qué bien, ¡comida! –exclamó Rocky relamiéndose.

–Qué bien, ¡cuerdas! –dijo Tasi frotándose las manos.

–¡Mis queridísimos Atrevidos! –los interrumpió Florestán mirándolos cariñosamente.

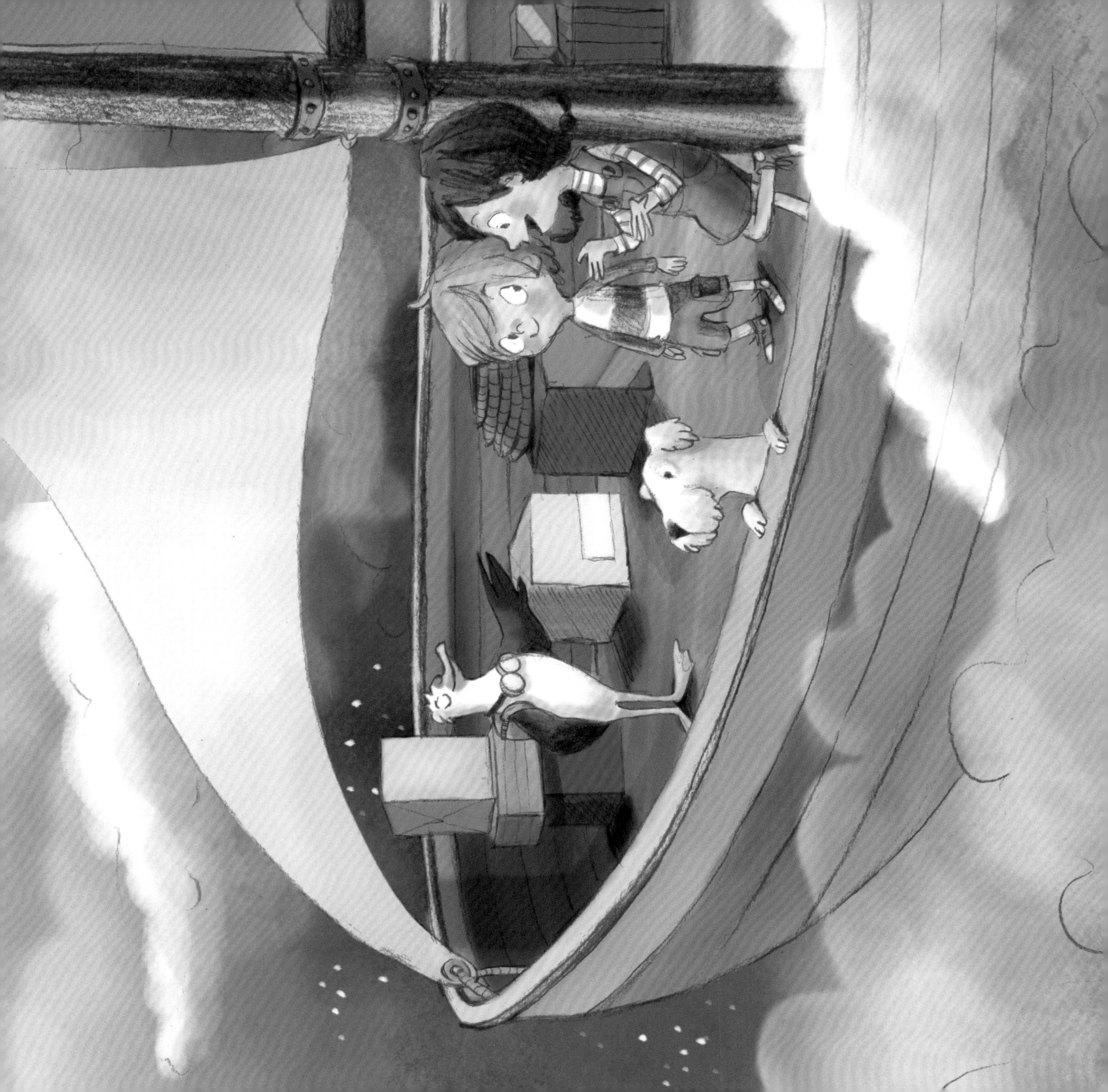

Los niños sonrieron. Desde la aventura del gran salto se habían convertido oficialmente en LOS ATREVIDOS.

–¡A de Alexia! –exclamó la niña.

–¡T de Tasi! –continuó Tasilo.

–¡R de Rocky! –ladró el perro.

–**¡ATREVIDOS!** –gritaron los tres a la vez.

–Mis queridos ATREVIDOS –repitió Florestán–, hoy vamos a intentar ser campeones en algo importantísimo: en quererse a uno mismo.

–¿Eh? –dijo Tasi.

–Es decir, campeones en saber cuidar del tesoro que llevamos dentro –explicó la gaviota.

Tasi se echó a reír.

–**Yo dentro sólo llevo barriga, huesos y *drientes*** –aseguró.

–**Dien-tes**, Tasilo –le susurró Alexia.

La gaviota los miró muy seria.

–Error –corrigió–. Además de dientes, huesos y todo lo demás, cada niño nace con grandes cantidades de risas, cariño y ganas de ayudar a los demás. Y hoy van a necesitar esto más que nunca, porque la prueba de esta noche es una arriesgada operación de rescate –Florestán sacó un papel que llevaba bajo el ala y leyó:

Se buscan niños para operación de rescate peligrosa. Poca comida.
Frío extremo. Largo tiempo de completa oscuridad. Peligro constante.
SI REGRESAN SANOS Y SALVOS, SE PROMETE CAJA CON EL MEJOR
TESORO DEL MUNDO EN SU INTERIOR.

–¿Eh? –dijo Tasi, muy interesado–. ¿Una caja? ¿Con un tesoro?

–¿Poca comida? ¡Lo que faltaba! –protestó Rocky.

–**¿A quién hay que rescatar?** –preguntó Alexia.

–Un grupo de valientes exploradores están intentando atravesar el Polo Sur –explicó la gaviota–. Pero como aquí todo es blanco y las nubes se mueven mucho, es muy fácil perderse, ¿comprenden? –se inclinó hacia los niños, guiñó un ojo y esperó. Como la miraban sin decir nada, levantó los ojos al cielo, se puso tiesa y explicó–: En dos palabras: se han perdido.

Tasi levantó la mano.

–¿Sí? –dijo la gaviota, esperanzada.

–Ésas son tres palabras –dijo Tasi contando con los dedos.

La gaviota suspiró.

–Pero ¿qué podemos hacer nosotros? –preguntó Alexia.

–Cada niño tiene algo especial, un tesoro, que le sirve para ayudar a los demás. Hasta ahora hemos tenido todo tipo de niños en nuestras operaciones de rescate: niños que cantan bien, niños que tocan el piano, niños que son excelentes ordenando, otros que saben

leer estupendamente, niños que saben despiojar a sus hermanos, niños que pelan papas, que por cierto hacen magnífica pareja con los niños que saben hacer un omelet, y también niños que escriben, que recitan buenos poemas, que saben bendecir la mesa, que pueden encender velas, que saben planchar sin quemarse, coser un botón, peinar a los más pequeños, cortarse las uñas o dar masajes en los pies… Hay niños para todo, y así las expediciones de rescate funcionan maravillosamente. Bien, pues para hacer la prueba de hoy, necesito saber cuál es el tesoro de ustedes –y añadió–: Discúlpenme un momento, tengo que recuperar algo importante para esta misión…

La gaviota se alejó. Los niños y Rocky se miraron.

–**Alex, ¿cuál es mi tesoro?** –preguntó Tasi muy bajito.

–Haces muchas cosas bien, Tasi... Yo, en cambio, creo que soy demasiado bajita para poder ayudar a los exploradores –contestó Alexia, un poco triste.

–Y yo, con el pelo tan corto, no sé en qué puedo ayudar… ¡Si no consigo dejar de temblar de frío! –remató Rocky con los dientes castañeteando.

Florestán regresó con una misteriosa caja de cartón bajo el ala.

–Empecemos. **¿Cuál es tu tesoro, Tasilo?** –preguntó.

Tasi no supo qué contestar.

La gaviota lo miró impaciente.

–Vamos, vamos –dijo–. ¡Es una pregunta muy fácil de contestar!... **¿Qué haces bien?**

–Nada especial –dijo Tasi tímidamente.

–No, no –protestó la gaviota–. ¡Eso sí que no! **Cada persona, sea quien sea, tiene un tesoro**, algo especial que hace bien y que puede regalar a los demás. A los mayores a veces se les olvida su tesoro especial. Pero tú eres demasiado pequeño para haberlo olvidado.

–**Tasi tiene una forma de reír que contagia y siempre alegra a todos** –dijo Alexia rápidamente.

–¡Excelente! –se animó Florestán–. Nada mejor que una buena risa para dar fuerzas en tiempos difíciles. ¿Y tú, Alexia? ¿Cuál es tu tesoro?

–Lo siento, pero yo soy tan bajita que no creo que pueda ayudar en nada –contestó Alexia mirando la punta de sus zapatos.

–Tonterías –dijo la gaviota–. No te necesitamos para jugar básquet. Te necesitamos para un rescate. Un res-ca-te –repitió.

–**Alexia es la mejor hermana mayor del mundo.** Siempre tiene ideas geniales –dijo Tasi–. Podría ser la jefa del equipo.

–¡Perfecto, excelente! –aplaudió la gaviota–. Andábamos un poco escasos de jefes. ¿Y Rocky?

–**Rocky tiene un oído increíble** –apuntó Alexia, que se estaba animando–. Pero le cortaron demasiado el pelo y no para de temblar, así que esta noche necesitará un abrigo.

–¡Qué buena jefa eres! –exclamó Florestán mirando a Alexia con admiración. Con unos graznidos llamó a las demás gaviotas, que en pocos segundos vistieron a Rocky con un buen abrigo. Entonces Florestán dio sus instrucciones finales:

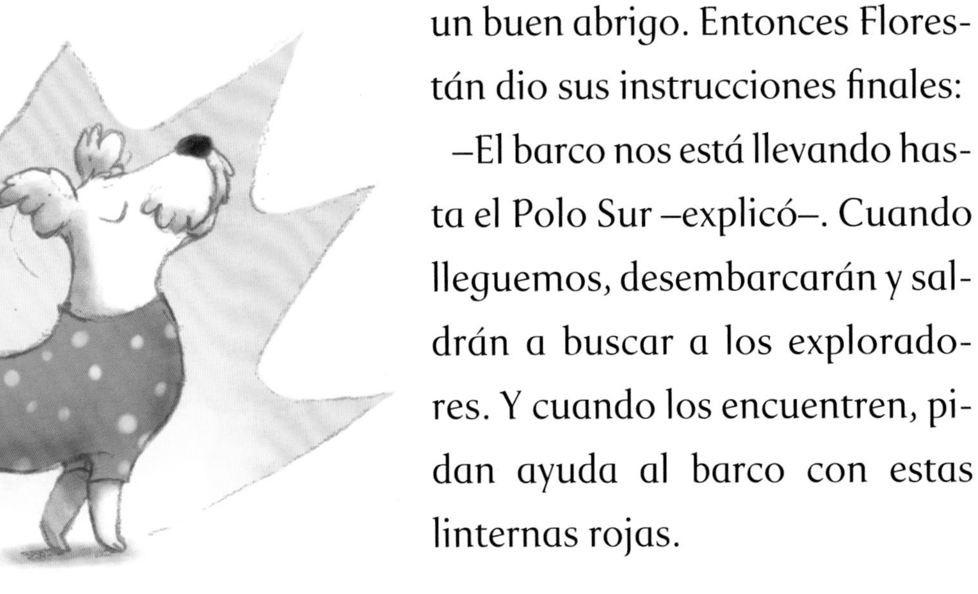

–El barco nos está llevando hasta el Polo Sur –explicó–. Cuando lleguemos, desembarcarán y saldrán a buscar a los exploradores. Y cuando los encuentren, pidan ayuda al barco con estas linternas rojas.

–**¿Cómo?**–preguntaron todos a la vez.

–Hagan tres luces cortas, luego tres luces largas y otra vez tres luces cortas. Esto es como decir «¡Socorro, auxilio, necesito ayuda!».

–¿Pero cómo vamos a encontrar a los exploradores? –preguntó Alexia–. **¡Somos niños pequeños!**

–Para empezar, les daremos capas mágicas para el frío. Son de lo mejorcito, se los aseguro. No se las quiten, pase lo que pase.

–¿Y si eso no basta? –insistió Alexia.

–Si eso no basta, tendrán que utilizar lo que hay aquí dentro –dijo la gaviota mostrándoles la misteriosa caja de cartón que llevaba bajo el ala–. Todo lo que necesitan está aquí.

–¿En una caja tan pequeña? –preguntó Tasi con los ojos muy abiertos.

–Desde luego –aseguró Florestán–. Es pequeña, pero en ella cabe un tesoro.

En ese momento sonó una sirena larga y grave.

–Hemos llegado –anunció Florestán–. Ya pueden bajar. ¡Buena suerte!

Alexia se asomó y vio una escalera de cuerda preparada para bajar a tierra firme. Parecía muy frágil y se movía peligrosamente por el viento.

Descendieron con cuidado y, una vez en el suelo, se ataron entre ellos, pasándose la cuerda por la cintura. Así podrían caminar en fila india sin miedo a perderse en la nieve durante la ventisca.

Caminaron con esfuerzo, muy lentamente, apoyándose en los grandes palos de madera que les habían dado las gaviotas. El paisaje era increíble: estaban rodeados de montañas, de muchas montañas, y el viento hacía uuuuuuuuuh...

—**Grita sin voz... Vuela sin alas... Muerde sin dientes... Murmura sin boca. ¿Qué es?** —preguntó Tasi.

—El viento —contestó Alexia—. ¡Tú siempre con ganas de hacer bromas, Tasi!

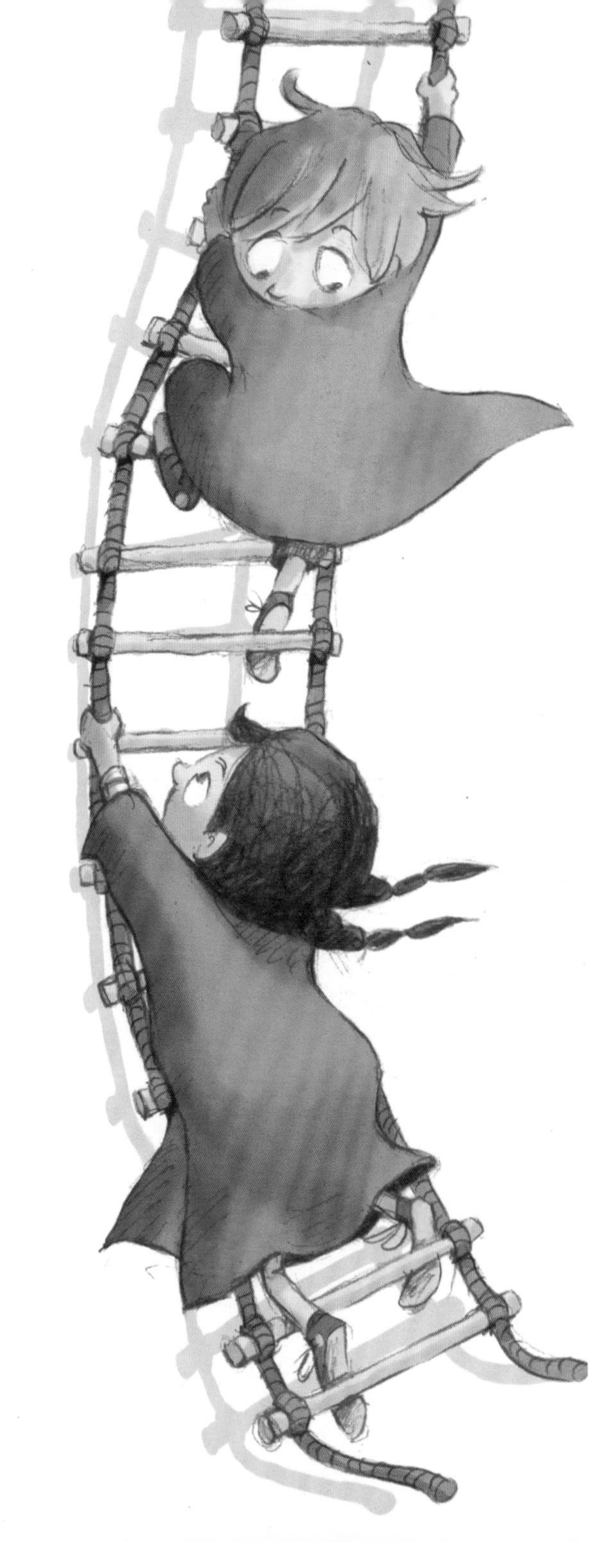

Caminar resultaba cada vez más difícil y agotador. Los pies se hundían en la nieve y estaban exhaustos. Al cabo de un rato tuvieron que pararse a descansar.

–Rocky se hunde en la nieve y apenas logro verlo –dijo Tasi con preocupación.

–¿Y si le ponemos una linterna en el pompón de la cola? –propuso Alexia–. Una vez me contaron que el último camello de las caravanas en Australia lleva una así, en la cola. De esta manera no lo perderemos de vista.

–Nunca pensé que este terrible corte de pelo pudiera tener alguna ventaja… –murmuró Rocky esforzándose por mantener su cabeza por encima de la nieve.

¡Dicho y hecho! Tasi ató la linterna a la cola de Rocky y se levantó para mirarlo. Pero al ver a Rocky con esa pinta, a Tasi le dio un ataque de risa y se puso a pegar saltos y más saltos en la nieve. Entonces ocurrió algo terrible:

¡¡¡ZASPATAPAM!!!

El hielo se abrió con un ruido tremendo y Tasi desapareció.

–**¡Tasi! ¡Tasi! ¡Nooo!** –gritó Alexia mientras intentaba atrapar a su hermano.

No llegó a tiempo. Rocky ladraba y el UUUUUUh del viento parecía ser aún más fuerte. Tasi había desaparecido bajo el agua. ¿Qué podían hacer?

–**¡Rápido, Rocky! ¡Tu cola... la linterna... al agua!** –ordenó Alex.

Rocky metió la cola con la linterna en el agua helada y la dejó colgando, con la luz iluminando el agua, hasta que Tasi la localizó y la agarró con todas sus fuerzas. Así, jalando la cuerda, Alex y Rocky pudieron sacarlo del agua. Pobre Tasi, ¡estaba completamente azul por el frío! Le castañeteaban tanto los dientes que sonaban como una moto arrancando, ¡¡¡clac,clac,clac,clac,clac,clac!!!

–¡Tenemos que encontrar ropa seca para Tasi o se congelará! –exclamó Alexia.

–¿Y si abrimos la caja del tesoro? –sugirió Rocky.

–¡Buena idea! ¡Tal vez haya otra capa mágica allí! –aplaudió Alexia.

Alexia abrió la caja a toda prisa y metió la mano...

–¿Eh? –exclamó dando un salto–. Pero ¿qué es esto?

–¡Déjame ver! –dijo Rocky. Y entonces metió la nariz en la caja.

–¿Quéééééé? ¡No puede ser! –exclamó.

–¡Qué raro! –dijo Alexia–. Florestán nos dijo que todo lo que necesitábamos estaba en esta caja. Pero…

–**¡ESTÁ VACÍA!** –gritaron Alex y Rocky a la vez.

Aunque temblaba de frío, a Tasi le picó la curiosidad y también quiso

mirar dentro de la caja. Y ¡vaya sorpresa! ¿Saben lo que vio? ¡A un extraño personaje con la cara azul y dos hielos colgando de su nariz!

–¡Eh! –exclamó dando un salto asustado. Pero sólo tardó un momento en darse cuenta de lo que estaba pasando: ¡el hombrecito de la caja era él mismo, azul y tiritando de frío!

–**¡Hay un espejo pegado en el fondo de la caja!** –explicó Tasi con una carcajada.

Y con tantas risas, a Tasi se le pasó el susto y se dio cuenta de que ya no tenía frío. ¡La capa mágica ya se había secado!

–**¡Bien por nosotros! ¡Lo estamos consiguiendo! ¡Podemos hacerlo!** –canturreó Tasi mientras abrazaba a su hermana.

–Chisss... –interrumpió Rocky–. Estoy oyendo algo, y estoy seguro de que no es el viento... No hace UUUUUUh... Más bien hace liRUliRU...

–¿Cómo dices que hace? –preguntaron los niños.

–LiRUliRU –dijo Rocky con cara muy seria–. Se los aseguro. ¿Están sordos o qué?

Los niños pusieron las manos detrás de las orejas para hacerlas crecer un poco y oír mejor. Rocky apuntó con las suyas hacia las montañas.

–El LIRULIRU viene de allí; creo que es música.

–Pues yo no oigo nada –confesó Tasi, algo avergonzado.

–Vamos a hacerle caso a Rocky –decidió Alex–. Los perros tienen un oído buenísimo. Y Rocky todavía más, porque tiene las orejas de punta.

–Es porque los perros tenemos ni más ni menos que diecisiete músculos para mover las orejas –dijo Rocky, muy orgulloso.

–¿Diecisiete? –se sorprendió Tasi–. ¿Y cuántos tengo yo?

–¡Cállense ya, caramba! –ordenó Alexia–. Rocky, concéntrate, ¿qué oyes?

Rocky escuchó otra vez y dijo:

–LIRULIRU, CHANCHÁN. Es por allí, seguro.

A medida que se acercaban, los niños también empezaron a oír una canción que sonaba entre las ráfagas de viento. Primero oyeron un banjo, luego un CHANCHÁN de platillos, y al final, voces humanas. Los niños hicieron señas con sus linternas.

–**¡Eh! ¡¡Hooolaaa!!** –gritó Alexia–. ¿Son los exploradores perdidos? ¡Las gaviotas nos han enviado para rescatarlos!

Tras unos segundos de espera, la canción paró en seco y se empezaron a oír gritos...

–¿Quiénes son? ¿Qué hacen? ¿De dónde vienen? ¿Cómo han llegado

hasta aquí? –y muchas más preguntas que los niños no entendieron porque estaban todavía demasiado lejos...

Entonces un hombre con una barba blanca fue corriendo hacia ellos.

–¡Qué bien que hayan venido hasta aquí! ¡No lo puedo creer! –dijo, emocionado y dando grandes palmadas–. Me llamo Shackleton, chicos. Mis compañeros y yo estábamos cruzando el Polo Sur cuando el hielo aprisionó nuestro barco y finalmente lo rompió. Casi se nos ha agotado la comida y aquí no hay nada con que sobrevivir... No sabíamos qué hacer, ¡así que nos hemos puesto a cantar para mantenernos en calor y animados!

–¡Pues acertaron! ¡Nunca los habríamos encontrado si no hubiéramos oído su tiruliruchanchán! –dijo Tasi.

–¡Eh! ¡No te lleves el crédito, que fui yo quien los oyó! –dijo Rocky con una sonrisa.

–Es que cuanto peor van las cosas, mucho más optimista tienes que ser –explicó Shackleton; luego todos recordarían aquella frase.

–Es hora de regresar, ¡vamos a llamar al barco! –dijo Alexia. Y los niños encendieron sus linternas para hacer las señales en el cielo que les había

enseñado Florestán. Al cabo de un rato oyeron la sirena del barco que se acercaba navegando por las nubes, rodeado de gaviotas.

–**¡Todos a bordo! ¡Volvemos a casa!** –gritó Alexia, feliz.

Y esta vez treparon muy decididos por la escalera de cuerda para subir al barco.

En cubierta los esperaba Florestán, que los miró con orgullo.

–¡Buen trabajo, chicos! –los felicitó la gaviota–. Han encontrado

sus tesoros y los han utilizado bien. Fin de la prueba, ¡es hora de regresar a casa!

Y como los niños empezaron a protestar, Florestán añadió:

–Chisss, ¡ni una queja! La estrella del alba está empezando a brillar, y eso quiere decir que va a amanecer y que ustedes tienen que estar en sus camas. Pero pueden llevarse a casa su premio: la caja del tesoro.

–**¿La caja? ¡Pero si está vacía!** –exclamaron los niños y Rocky.

–Miren de nuevo –dijo la gaviota.

Todos se apretujaron en torno a la caja esperando algo de magia.

–¡Aquí sólo hay un espejo pegado en el fondo! –anunció Alexia.

–¿Y qué ven en ese espejo? –preguntó Florestán.

–Nuestras caras, claro, ¿qué más puede verse? –exclamaron los niños.

–Pues está claro –dijo la gaviota–. Les dije que cada uno de ustedes tiene un tesoro. Cuando tengan dudas o miedo, abran la caja del tesoro y miren su cara: así nunca olvidarán que dentro de ustedes tienen el mejor tesoro del mundo. ¡No necesitan nada más!

–**¡Es verdad! ¡Tengo el mejor tesoro del mundo dentro de mí!** –exclamó Alexia riendo.

–¡Yo también tengo el mejor tesoro del mundo dentro de mí! –repitió Tasi, encantado.

–¡Y yo! ¡Y yo! –exclamaron todos mientras los niños y Rocky cantaban y bailaban con las gaviotas y los marineros.

¡Celebra que tú también tienes dentro de ti
el mejor tesoro del mundo!

Y a lo lejos, seguro que volverá a oírse el famoso

liruliru... ¡chanchán!

Taller de emociones: la autoestima

La autoestima es el sentimiento de valía personal que tiene nuestra hija o hijo. De alguna manera, podríamos decir que su autoestima es como si el niño se «pusiera nota». ¡Los primeros años de vida son fundamentales para sentar las bases de una autoestima sana!

¿Cómo se forma la autoestima? Para consolidar una buena autoestima, hay dos elementos fundamentales:

- A nuestros hijos les importa mucho percibir que son queridos y aceptados por los demás, sobre todo por sus padres en los primeros años de vida.
- También cuenta hasta qué punto controlan y disfrutan haciendo cosas y resolviendo sus problemas por sí mismos (es decir, si se sienten competentes).

¿Qué nota crees que se pondría tu hijo o hija en estos dos ámbitos? ¿Se siente querido? ¿Y se siente competente? Cuando nos sabemos queridos y competentes, ¡qué orgullosos nos sentimos!

¿Por qué es importante tener una buena autoestima? Con una buena autoestima, el niño se enfrenta con más fuerza a los retos que se le plantean, porque está convencido de que puede tener éxito o superar los fracasos. Con una mala autoestima y una visión negativa de sí mismo, el niño muestra poca iniciativa porque teme arriesgarse, se siente fácilmente desalentado y está secretamente convencido de que fracasará.

¿Cómo influyen los padres en la autoestima de los niños? ¡La actitud de los padres es importantísima! La gran mayoría de los padres sienten un amor genuino por sus hijos, y los hijos necesitan sentir ese cariño y esa aceptación. Sin embargo, es relativamente común que padres y madres tengamos expectativas sobre cómo deberían ser nuestros hijos –cómo quisiéramos que fuera su aspecto físico, o qué talentos o temperamento deseamos para él o ella...–. Si estas expectativas se ven frustradas, el hijo lo percibe, aunque no se lo digamos abiertamente, y esto merma gravemente su autoestima. ¿La solución? Que los padres cuestionemos sinceramente nuestras expectativas acerca de nuestros hijos, y que los aceptemos como son, ayudándolos así a aceptarse y quererse a ellos mismos.

Para ayudar a tus hijos a tener una buena autoestima

1. Dedícale un tiempo sólo para él o ella. Para ayudar a nuestros hijos y alumnos a desarrollar una autoestima sana, intenta dedicarles regularmente un tiempo de atención individualizada. Durante ese tiempo, háblales con naturalidad y positividad de su identidad y de sus características físicas, de lo que han hecho durante el día y de cómo se sienten.

2. Asegúrate de que pueda dar lo mejor de sí mismo en casa. Cerciórate de que tus hijos puedan participar fácilmente en las tareas de la casa o del aula, y ofréceles actividades diversas, que permitan que todos hagan uso de sus mejores habilidades.

3. Enséñale a entrenar su cerebro en positivo. El niño, con su cerebro programado para sobrevivir, tiende de forma natural a fijarse en las señales de rechazo y a recordarlas. ¡Ayúdalo a entrenarse en positivo! Es decir, a reconocer aquellas áreas, momentos y vínculos positivos en su vida. Puedes usar, por ejemplo, esta estrategia: «Me felicito a mí mismo». Para ello, comentamos: «¿Qué hice hoy de lo que me siento orgulloso?». No tiene que ser nada extraordinario, recuerda que Tasi le alegra la vida a la gente... ¡con su sonrisa! La primera vez, practica la estrategia con el niño dos minutos todos los días, durante al menos un par de semanas y a una hora regular, por ejemplo, en la cama antes de ir a dormir, para conseguir desarrollar este hábito.

4. Enséñale a no compararse tanto con los demás. Si no deja de compararse con los demás, ¡no puede ganar! Casi siempre habrá alguien que haga algo mejor que él. Enseña al niño a evaluar sus propios progresos, el esfuerzo que ha sido capaz de hacer. Enséñale a compararse consigo mismo, a centrarse en sí mismo y en sus resultados.

5. ¡Desarrollar una buena autoestima no implica proteger siempre al niño de las emociones negativas! Los últimos estudios sobre autoestima insisten en que intentar proteger a los niños a toda costa de sus sentimientos de tristeza y frustración no favorece su autoestima. ¿Por qué? Porque la sobreprotección de los padres impide que los niños desarrollen esa determinación que necesitan para insistir en sus tareas, ¡a pesar de las dificultades! ¿Te has dado cuenta de lo bien que se sienten los niños cuando logran un objetivo difícil? ¡Dales la oportunidad de intentarlo!

CAJA DE ESTRATEGIAS

1. Ayuda al niño a conocerse. Podemos jugar con los niños a hacerles preguntas para comprender mejor lo que los hace sentirse vulnerables o fuertes. Un juego/estrategia es **«Lo que me pasa por dentro»:** invitamos a los niños a dibujar o a verbalizar «Los lugares (o momentos) en la escuela (o en casa) que más me gustan son…». «¿Quién, o qué, me podría ayudar a sentirme mejor?». Se puede hacer este juego con el niño solo o en grupo.

2. Invita al niño a fabricar su libro especial. En este libro, que pueden titular *Soy un superhéroe* o *Soy especial*, cada niño podrá expresar y dibujar aquello que más le gusta de sí mismo. Aliéntalo a escribir los siguientes apartados: «Cosas que me gusta hacer», «Cosas que hago bien», «Cosas que quiero aprender», «Cosas que quisiera hacer»... Cuando lo termine, si quiere, puede compartirlo con los demás.

3. Dale herramientas concretas para mejorar sus habilidades sociales. Sabemos que los niños que poseen buenas habilidades sociales tienen una mejor autoestima y más ganas de interactuar con su entorno. Enséñales habilidades concretas como:

- **Sonreír y mantener un lenguaje corporal relajado** (especialmente a los niños más tímidos).
- **Escuchar de forma activa**. Practiquen en casa o en el aula, a modo de juego, los principios de la buena escucha: no interrumpir a la persona con la que conversas, ni prejuzgar lo que quiere decir; expresar interés con la mirada, el cuerpo y la voz, y hacerle preguntas, cuando se ha expresado, para asegurarte de que la has entendido bien. ¡Practiquen juntos, sobre todo cuando se trata de un tema en el que les cuesta llegar a un acuerdo!

4. Muéstrale la importancia de la autocompasión. La autoestima es necesaria, ¡pero no es suficiente para darnos fuerzas en la adversidad! ¿Por qué? Porque la autoestima depende del hecho de que tengas éxito, y si fracasas, tu voz interior crítica te reprochará: «¡Qué perdedor!». Y eso, en vez de darnos fuerza para conseguir nuestras metas, nos debilita.

Afortunadamente, no hace falta que nos digamos que somos fantásticos cuando sabemos que no lo estamos siendo... Basta con saber aceptarse a uno mismo como es, con sus fallas. Los investigadores lo llaman «autocompasión», es decir, ser capaz de sentir compasión por uno mismo. Cuando tienes desarrollada la autocompasión, eres capaz de perdonarte los errores o limitaciones. No te sentirás tan humillado o incompetente si olvidas el texto en una obra de teatro o si fallas un penal en un partido. La autocompasión nos recuerda que somos humanos, ¡y que equivocarse es natural!

- **Enséñale a ser su mejor amigo.** Todos tenemos dentro un crítico que puede limitarnos excesivamente. ¡Dile que lo detenga cuando oiga su voz! Para ello, enséñale a hablarse con cariño. Cuando el niño se reproche algo, enséñale a hablarse como le hablaría alguien que lo quiere, como una abuela cariñosa... ¿Qué le diría esa persona que lo quiere? ¡Jueguen a imaginarlo!

- **Enséñale a ser más amable con los demás.** Cuando se es amable con los demás, uno mismo tiende a tratarse también mejor. Anímalo a pensar en pequeños gestos de cariño conscientes, como tomarse el tiempo de escuchar a alguien que necesita hablar o ayudar de una forma concreta, por ejemplo, mantener la puerta abierta para que alguien pueda pasar.

5. ¡Las emociones se contagian como un virus! Comenta con tus hijos o alumnos que es importante que pasen tiempo con personas que los quieren y los apoyan, y que eviten, en la medida de lo posible, el contacto cercano con personas poco amables.

6. Invítalo a salir de su zona de confort. Cuando uno se arriesga a dejar de hacer solamente aquello que resulta confortable, sale de su zona de confort ¡y es capaz de equivocarse una y otra vez! Explícales que equivocarse es normal. Invita a los más pequeños a que piensen qué les gustaría conseguir y que lo intenten. Cuando están motivados, los niños se esfuerzan mucho más. La clave es que los padres reconozcan no tanto el logro, sino el esfuerzo que hace el niño para intentar ese logro. Con tu comprensión y apoyo, aprenderán a superar sus pequeños fracasos y a seguir adelante.

Hazlo tú mismo

Como los ATREVIDOS, cada niño puede confeccionar su propia caja del tesoro. Sólo necesita un poco de cartón o una caja de zapatos, un espejo y lápices de colores. Es tan sencillo como crear una caja que lo represente y que le recuerde que el tesoro y el recurso más importante ¡lo llevan dentro!

¿Sabías que...?

En 1914, el legendario explorador polar Ernest Shackleton emprendió la travesía de la Antártida a través del Polo Sur con su barco *Endurance* (que quiere decir «resiliencia» o «resistencia»). El *Endurance* quedó atrapado en el hielo y al cabo de diez meses se hundió. Shackleton consiguió que tres años más tarde toda su tripulación regresara con vida del continente helado. Su historia y sus dotes de liderazgo conforman un relato apasionante que encierra muchas lecciones para los más pequeños. Por ejemplo, una de las características del equipo de Shackleton fue que sus hombres habían sido seleccionados dando tanta importancia al carácter y la actitud como a sus habilidades técnicas. Uno de los miembros más queridos de su tripulación fue James Hussey, un meteorólogo con gran sentido del humor que tocaba el banjo, un instrumento que Shackleton decidió salvar, a pesar de su peso, cuando abandonaron muchas pertenencias del barco hundido. Hussey usó su banjo una y otra vez para mejorar los ánimos de sus compañeros, que decían que su presencia y su música fue «una de las pocas alegrías que tuvimos» y contribuyó de forma notable a mantener la positividad en el grupo.

Los atrevidos en busca del tesoro de Elsa Punset
se terminó de imprimir en febrero 2020
en los talleres de
Offset Santiago S.A. de C.V.
Ubicados en Parque Industrial Exportec,
Toluca, Estado de México. C.P 50200